Un solo deseo

Rialp Junior

DIRECCIÓN: CARMEN GÓMEZ DE AGÜERO
DISEÑO: RICARDO CÁMARA

TÍTULO ORIGINAL: *TRACEY'S WISH*
TRADUCCIÓN: ROBIN LONGSHAW

PRIMERA PUBLICACION EN GRAN BRETAÑA EN 1989
POR HAMISH HAMILTON CHILDREN'S BOOKS,
LIMITED, 27 WRIGHTS LANE, LONDON W8 5TZ

1.ª EDICIÓN: 1990
ISBN: 84-321-2687-X
DEPÓSITO LEGAL: M. 41.078-1990
COMPUESTO POR TRAZZOS FOTOCOMPOSICIÓN, S. A.
AVDA. DEL OESTE, 7
28922 ALCORCÓN

IMPRIME: RÓGAR, S. A.

IMPRESO EN ESPAÑA - PRINTED IN SPAIN

El Roble Centenario

Tony Bradman

Un solo deseo

Ilustraciones de Jean Baylis

EDICIONES RIALP, S.A.
MADRID

Capítulo 1

Tracey abrió la puerta del jardín de un empujón y corrió hacia la puerta trasera de su casa.

—¡Hola, mamá! —gritó cuando entró como un huracán en la cocina.

—¡Hola, cariño! —dijo su madre—. Me has asustado. ¿Qué tal te ha ido hoy en el colegio? No dejes ahí tus cosas, que acabo de...

—Bien —dijo Tracey, sin hacer demasiado caso.

Ya había dejado su abrigo en el suelo de la entrada, y subía deprisa las escaleras hacia su habitación.
No podía esperar más para jugar con su nueva granja. Se la habían regalado para su cumpleaños, un par de semanas antes, y había tardado mucho en montarla. Fue

difícil colocar a los animalitos en su sitio, sobre todo los pequeños, como las gallinas y los gansos. También le costó montar las cercas, pero por fin lo había conseguido. Tracey se había pasado todo el día deseando jugar con la granja a la vuelta del colegio.

Abrió la puerta de su habitación, tiró su cartera encima de la cama, y se fijó en su granja. ¡Se quedó con la boca abierta! Siempre dejaba su habitación en orden antes de marcharse al colegio, pero ahora estaba todo en un estado lamentable.

El edredón se encontraba hecho un ovillo en el suelo. Su baúl estaba abierto, y todos sus juguetes desparramados por el suelo. Casi todos sus libros estaban también fuera de su sitio en la estantería, y la lámpara de su mesilla había sido volcada.

Pero aún la esperaba algo peor.
Su maravillosa granja parecía haber sido el escenario de una batalla. Yacía en un rincón, de lado, con todos los animales alrededor. Tracey se arrodilló para ver mejor, y comprobó que algunas cercas estaban rotas. Y algo brillante estaba incrustado en una de las ventanas.
Tracey lo sacó. Era una pequeña nave espacial, uno de estos juguetes que se convierten en robots. Y sólo había una persona en la casa que pudiera ser su dueño.
¡Paul, el pesado de su hermanito!
—¡Mamá! —gritó Tracey mientras bajaba las escaleras—. ¡Mamá, lo ha vuelto a hacer!
—¿Tienes que gritar así? —preguntó su madre—. ¿De qué me hablas?

Paul se había escondido detrás de su madre, y Tracey vio cómo se asomaba para ver lo que ocurría.

—Es Paul, mamá. Ha entrado en mi habitación y lo ha dejado todo hecho un desastre. Además, ¡se ha cargado mi granja!

—¿Es verdad, Paul? —preguntó mamá.

—No, no lo es —dijo Paul—. No he estado en su cuarto.

—Bueno, entonces, ¿cómo es que encontré esto en la casita? —preguntó Tracey, y mostró la nave como prueba.

—Me preguntaba lo que hacías esta tarde —comentó mamá—. Estabas tan tranquilo y silencioso...

—¡No hay derecho, mamá! —se quejó Tracey—. Siempre entra en mi habitación, y me estropea las cosas.

—No lo hago, ¡no es verdad! —gritó Paul, y le sacó la lengua a Tracey, quien le respondió de la misma forma.

—Vale, basta ya —dijo mamá.

Le ordenó a Paul que no mintiera, y le dijo también que ayudase a ordenar el cuarto de Tracey. Pero Paul se negó, así que mamá le mandó a su habitación. Paul

subió las escaleras, llorando
a lágrima viva.
—Lo siento, Tracey —dijo mamá—, pero le gusta jugar en tu habitación cuando no estás. Es difícil evitar que entre allí, sobre todo cuando estoy ocupada. Y sé que no rompe las cosas a propósito... sólo es un poco manazas. Yo me alegraré cuando empiece a ir al colegio, de verdad.
—Yo no me alegraré —dijo Tracey, malhumorada—. Seguro que allí se pasará todo el día molestándome.

—Venga, Tracey —dijo su madre en tono conciliador—. Paul no es tan malo. Antes os llevabáis muy bien. Es que ahora está un poco revoltoso, nada más. Se le pasará.

—Bueno, puede ser. Pero yo creo que es horrible. ¡Ojalá no tuviera hermanito!

Y con esto, corrió escaleras arriba a su habitación.

Capítulo 2

Cuando acabó de limpiar, Tracey bajó para pedir perdón por haberse enfadado, y también para preguntar a su madre si podía ir a jugar a casa de Natasha. Mamá le dio permiso, pero le dijo que tendría que estar en casa a la hora de la cena.

Natasha era la mejor amiga de Tracey. Vivía a la vuelta de la esquina, y Tracey no tenía que cruzar la calle para llegar a su casa. Sólo debía pasar por delante de tres

casas, cruzar un solar vacío, dar la vuelta al viejo árbol, y ¡ya!

Normalmente le gustaba ir sola. Se sentía mayor, casi adulta. Pero hoy sólo podía pensar en su hermanito.

Al final, la granja no había resultado tan dañada como pensó en un principio. Sólo se había roto una ventana, y una de las bisagras del tejado estaba suelta. Mamá dijo que podía arreglarlo todo.

Aun así, Tracey no se sintió mejor.

Probablemente Paul volvería a romperla cuando entrase la próxima vez, y además siempre discutían por algo: qué programa ver en la tele, quién se iba a sentar al lado de mamá, quién había tomado más helado de postre,...

No siempre había sido así. Antes de empezar a ir al colegio, Tracey era una buena amiga de Paul. Se llevaban bien casi siempre. Mamá pensaba que el cambio quizá se debía a que Paul estaba celoso de todos los amigos que Tracey había hecho en su clase. También decía que Tracey no siempre se portaba bien con él, sobre todo cuando había tenido un mal día en el colegio. "Últimamente, sois como el perro y el gato. ¡No hacéis más que pelear!", había dicho hacía poco su padre.

Y tenía razón.

En aquel momento, un gato de verdad cruzó corriendo el camino y se subió a una valla. Lo seguía un perro pequeño, que apenas pudo subir tras él, pero Tracey no vio los esfuerzos del perrito para subir. Algo pequeño y brillante en el suelo le había llamado la atención.

Tras acercarse, se agachó para ver mejor lo que había encontrado. Era una extraña moneda. Nunca había visto nada igual.
La recogió.
Nada más tocarla, brilló una intensa luz y

se formó una gran nube de humo. Tracey, con la moneda en la mano, tosió.

—¡Alakazú, alakazí, tienes la moneda y ya estoy aquí!

Estas curiosas palabras asustaron un poco

a Tracey. Se dio la vuelta y se encontró con un hombre vestido de una manera muy extravagante. Llevaba un pantalón amplio de seda, un pequeño chaleco rojo, y, en la cabeza, un turbante dorado.

—Yo soy el genio de la moneda, mi ama y señora, y cumpliré un deseo tuyo.

Tracey comprobó que si hacía falta, podía volver corriendo a la calle.

—No debería hablar con los extraños —dijo en tono receloso, porque era una niña muy sensata—. Además, ¿no tendrían que ser tres deseos? Siempre son tres en los cuentos.

El genio sonrió.

—No te creas todo lo que lees en los libros —aconsejó, y consultó su reloj—. Ahora, date prisa. Has de pedir tu deseo ya, no tengo todo el día para esperar a que te decidas.

¿Qué será? ¿Un tesoro fabuloso? ¿Fama…? Tracey seguía sin fiarse mucho de aquel hombre extraño. Se alejó de él un poco. Pero en un rincón de su mente, la idea le

daba vueltas... poder pedir cualquier cosa y saber que se cumpliría...
Muchas veces había pensado en lo que pediría si se le concedieran tres deseos. El primero sería que nada de lo que pidiese

hiciera daño a otros, el segundo, un millón de libras, y el tercero que se le concedieran todos los demás deseos que quisiera.

—Me temo que ya no permitimos este último tipo de deseos —dijo el genio—. No te sorprendas... por supuesto que puedo leer tus pensamientos. Después de todo, soy un genio.

Tracey tragó saliva.

—Vaya, vaya —suspiró el genio—. Veo que vas a ser una de las difíciles. Muy bien, éstas son las reglas. Sólo tienes un deseo. No puedes pedir más deseos, ni decir nada de mí, ni contar a nadie cuál es tu deseo. Y tienes hasta mañana a esta misma hora para decidir lo que quieres. Si no eres capaz, será que no te lo mereces. ¿Está claro? De acuerdo...

Al pronunciar estas palabras, surgió otro

relámpago, seguido de otra nube de humo. Cuando Tracey dejó de toser y la nube se desvaneció, el hombre había desaparecido por completo.

Capítulo 3

Tracey abandonó su plan de ir a jugar con Natasha. Volvió corriendo a casa sin detenerse. No podía creer lo que le acababa de pasar. Se preguntó si debería pellizcarse para ver si soñaba.

Pero, ¡no era un sueño! ¡Todo había parecido tan real! Se detuvo al lado de la puerta del jardín para coger aliento, y entonces se acordó de lo que llevaba en la mano, ¡la moneda!

Así que era verdad. ¡Sí que había pasado!

Y ella disponía de un deseo. Pero, ¿qué pedir? Si sólo tenía uno, no podía fallar. Tracey entró en casa y subió a su habitación. Tenía dos o tres libros sobre niños que recibieron tres deseos y quería ver lo que ellos pidieron.

Encontró los libros, y pronto se dio cuenta de que eso de los deseos era un asunto complicado. Al parecer, los deseos se

volvían a veces en contra de quien
los pedía.
Gente que pidió un millón de libras,
consiguió el dinero pero no la felicidad.
Los que pidieron la fama, acabaron
deseando poder salir de sus casas sin que
todo el mundo los reconociera.
Tracey se tumbó en la cama para leer mejor

y decidir qué iba a pedir. Empezó a hacerse listas en la cabeza, y estaba tan interesada en lo que hacía que casi no oyó que papá la llamaba para que bajase a cenar.

—¿Qué hay de cena? —preguntó y se sentó en la mesa.

—Tu plato favorito —contestó papá, riéndose—, croquetas de lentejas y ensalada.

Papá sabía que Tracey odiaba las croquetas de lentejas, y todos los platos vegetarianos que comían. Tracey siempre preguntaba a sus padres por qué no tomaban nunca comida de verdad, como hamburguesas o salchichas. ¡Todos sus amigos lo hacían!

—¡Oh, no! —gruñó Tracey—. Quisiera...

Pero se detuvo justo a tiempo. Casi, casi había gastado su deseo en pedir una hamburguesa y unas patatas fritas.

Como algunos de los protagonistas de los libros que había leído, había estado a punto de utilizar su deseo para pedir una auténtica tontería.

—¿Qué quieres, corazón? —preguntó mamá, y le dio su plato.

—No, nada —dijo Tracey. Empezó a comer en silencio.

Los abuelos habían venido a cenar, y

Paul, sentado entre ellos, hablaba de los dibujos animados que acababan de ver. Tracey intentaba no hacer caso. Entonces, justo cuando iban a empezar el postre, tuvo una idea brillante. No podía decir nada del genio, ¡pero podía preguntar a los miembros de su familia qué pedirían ellos!

Y fue lo que hizo. Cuando acabó su yogurt, dijo que necesitaba ayuda con sus deberes.
—Tengo que escribir una redacción sobre lo que pediría si tuviera un solo deseo, pero no se me ocurre nada —dijo.
Claro que era una mentirilla, pero cruzó los dedos.
—Oh, ¡eso es fácil! —exclamó mamá—. Yo pediría una semana de descanso alejada de todos vosotros, en un balneario. Me gustaría que me mimasen un poco.
—¡Qué encantador! —comentó papá—. Pues lo mío es muy fácil también... me gustaría que el club de futbol Anerley ganase la Liga.
—¡Eso sería un milagro! —rió el abuelo—. ¡Son los peores de todos!
Todo el mundo rió con él.
—A mí me gustaría ganar el premio a los

mejores geranios en el rastrillo de la iglesia, nada más —suspiro la abuela—. Llevo años intentándolo.

Paul dijo que querría tener todos los robots de la colección, 26 en total. El abuelo comentó que no quería más que tener a su familia con él, y todos felices.

—¿Y tú, Tracey? ¿Qué pedirías tú? —preguntó papá cuando todos ya habían hablado.

Tracey pensó durante un largo rato, pero no le sirvió de nada.

—No lo sé —suspiró—. La verdad es que no tengo ni idea.

Capítulo 4

Aquella noche, en la cama, Tracey siguió pensando en lo que podía pedir: una bici... unos patines... ¿y por qué no todos los juguetes del mundo? No, ¡todos los juguetes del Universo!

Pero nunca tendría tiempo para jugar con todos ellos, pensó, así que no serviría. Todo lo que se le ocurría pedir tenía problemas: o era demasiado grande, o demasiado pequeño, o quizás demasiado difícil.

Estaba harta. Tal vez fuera más sensato

olvidarlo. No había nada que quisiera tanto como para considerarlo su máximo deseo, a no ser que fuera no tener un hermanito.

En cuanto pensó en utilizar su deseo así, se sintió culpable. Si mamá y papá supieran que lo consideraba... bueno, no quiso ni imaginar lo que dirían. Quizás debería pedir que Paul se portase un poco mejor.

Por fin, Tracey se quedó dormida.

Pero todos sus sueños giraron en torno a los deseos, y casi todos incluían también a su hermano.

Al día siguiente, en el colegio, Tracey preguntó a sus amigas qué pedirían si les concedieran un deseo. Ellas pensaron en montones de cosas.

Natasha explicó que su mayor deseo sería tener toda la ropa que fabricaban para su colección de muñecas Bella Lulú. Samantha dijo que le gustaría que su padre encontrara pronto un trabajo. Todas se quedaron calladas y pensativas por un momento.

Entonces Corinne dijo que le gustaría que Neil se convirtiese en rana, ya que se parecía mucho a una, y todo el mundo rió. Así que, después de todo, sus amigas no le sirvieron de mucha ayuda.

Aquella tarde, después del colegio, mamá pidió a Tracey que fuera a la tienda a hacer unos recados.

—Puedes llevar a Paul contigo —sugirió mamá—; le vendría bien tomar un poco de aire. Pero vigílale bien. Ya sabes cómo es.

No había manera de escaparse, y pronto Tracey se encontró bajando la calle con

Paul cogido de la mano. Él se reía. Estaba muy contento de haber salido. Tracey pensó que cuando se mostraba así, no debía de sentirse tan mal.
Cuando llegaron al solar y a la valla donde Tracey había encontrado la moneda, Paul

soltó la mano de su hermana y corrió hacia adelante, solo. Tracey apenas se dio cuenta, porque seguía pensando en lo que iba a pedir.

No tuvo mucho tiempo para decidirse. No valía la pena, pensó, tendría que rendirse, y no pedir nada. No había nada que realmente le hiciera falta. Justo en aquel momento, Tracey oyó un ruido agudo. Parecía una bocina de camión, uno de esos que hacen tanto ruido como la sirena de un faro.

Y era precisamente eso. Tracey miró y vio un enorme camión que venía lanzado por la calzada. Su bocina sonaba una y otra vez. También vio una persona diminuta delante del camión.

¡Era Paul! Tracey cayó en la cuenta de que no le había prestado atención. Ahora él estaba allí, en medio de la calzada, y el camión no podría parar a tiempo.

Tracey supo lo que tenía que hacer.

—¡Que Paul se salve, por favor! —gritó.

Se produjo un relámpago, luego se formó una nube de humo, y... ahí estaba Paul, a su lado, sano y salvo, aunque eso sí, un poco sorprendido. El camión pasó deprisa, pero sin hacer sonar su bocina. Paul la miró y sonrió.

Tracey había empleado su deseo, pero no lo había malgastado. Paul podía ser muy pesado a veces, pero era su hermanito. Tracey nunca contó a nadie lo que había pasado, y parecía que Paul no se acordaba de ello. Pero por muy extraño que pueda parecer, muchos de los deseos de su familia y sus amigos se cumplieron a partir de entonces.

Unos días más tarde, mamá ganó un premio en el concurso de una revista. Con el dinero, compró regalos para todos (a Paul le trajo sus robots), y se regaló una semana en un balneario.
Poco después, la abuela ganaba el premio

a los mejores geranios en el rastrillo de la iglesia, y más tarde el club de futbol Anerley llegó a semi-finales en la Copa. Papá apenas se lo podía creer. Al abuelo también se le cumplió el deseo, porque todos se sentían muy felices.

En el colegio, Natasha ganó en el concurso de un tebeo un guardarropa completo para su muñeca Bella Lulú. No se sintió demasiado contenta, porque había dejado

de coleccionar las muñecas de Bella Lulú,
y ahora compraba las de La Princesita.
Pero el padre de Samantha consiguió un trabajo realmente bueno, y todo el mundo se alegró por ella.
Y aunque seguía sin ser un hermano perfecto, Paul también comenzó a portarse mejor. Cuando empezó a ir al colegio dejó de discutir tanto con su hermana.
Tracey se preguntaba una y otra vez si todo había sucedido realmente.

¿De verdad había encontrado una moneda mágica? ¿Era cierto que había conocido a un genio?
Si él reaparecía alguna vez, Tracey pensaba hacerle un montón de preguntas. La primera tenía que ver con Neil. Todo el mundo opinaba que ahora se parecía más que nunca a una rana...

Índice

Págs.

SERIE AMARILLA

15. **Willy el de los problemas.** Shirley Isherwood
16. **¡Ñiiiá... Félix!** Gisela von Radowitz
19. **Lala la lagartija.** Juan Antonio de Laiglesia
26. **¡Vivan los árboles!** Sue Limb
27. **Robin de Bray.** Marzollo/Stanley
33. **Mira y vuelve a mirar.** Jill Paton Walsh
34. **Un solo deseo.** Tony Bradman

SERIE VERDE

1. **Alifar.** Miguel Martín F. de Velasco
   (Segunda edición)
2. **El Puente de Tilla.** Willi Fährmann
   (Segunda edición)
4. **Violín y Guitarra.** Mercedes Neuschäfer
5. **El cuento de las Montañas Azules.** Piedad Corbella.
   (Segunda edición)
8. **Una hermana como Danny.** Rolf Krenzer
9. **El loco de Harry.** Dick King-Smith
10. **Las peripecias de Nico.** José Manuel Briones
11. **Cocodrilo cuesta abajo.** Margaret Mahy
13. **Poché.** Miguel Martín F. de Velasco
14. **Tres niños y una estrella.** Luise Rinser
20. **Angelo.** Othmar Franz Lang
21. **Una fotografía mal hecha.** Mercedes Neuschäfer

El Roble Centenario

23. **Pedro pone petardos.** Juan Ignacio Herrera
25. **El enigma de la playa del Pudding.** Saviour Pirotta
28. **La princesa karateca.** Jeremy Strong
29. **¡Qué amiga, mamá!** Beatrice Gormley
30. **La isla de Jacobo.** Juan Farias

SERIE ROJA

3. **El poder de las estrellas.** Javier Requero
   (Segunda edición)
6. **Los 21 Globos.** William P. Dubois
   Premio Newbery
7. **Mi rincón en la Montaña.** Jean C. George
   Premio Newbery
12. **El aprendiz.** Pilar Molina Llorente (Segunda edición)
17. **Sauce azul.** Doris Gates
    Premio Newbery
18. **La tierra hueca.** Jane Gardam
    Premio Whitbread
22. **El hombre de las marionetas.** Joaquín Aguirre Bellver
24. **La China se va a Bolivia.** José Luis Olaizola
31. **La Hija de la Paz.** Ann Phillips
32. **Cuerpos de cobre, corazones de jade.**
    Juana Aurora Mayoral
35. **Proyecto Filipinas.** François Charles